MARCELO LEMES MENA

Cantares de Salomão
Só para Casais!

ISBN: 978-85-912042-2-9

1° edição

São Paulo

Edição do autor

2013

MARCELO MENA

DEDICATÓRIA

Dedico este livro a minha esposa Elizabete Mena que me inspirou a escrevê-lo e a todos os casais que me incentivaram.

MARCELO MENA

AGRADECIMENTOS

Agradeço a Deus pela oportunidade de escrever este livro e também aos amigos que me apoiaram nesta obra.

MARCELO MENA

Índice

MARCELO MENA

Somente para Casais

Decidi escrever este livro com o propósito de atender aos casais que enfrentam problemas em seus relacionamentos. Como pastor, tenho ouvido casos e situações alarmantes entre marido e mulher que me impressionaram, pois o inimigo tem lutado de todas as formas e destruído famílias. Muitas vezes, tem se aproveitado da religião, que cria certos tabus contrários à Bíblia. Não quero, neste livro, falar sobre namoro ou sexo antes do casamento, este, será um assunto que, quem sabe, trataremos num outro livro. Apenas vou me reter em assuntos para casados (e os detalharei abertamente), por isto, este livro é para pessoas casadas e adultas. Se você, leitor, for menor de dezoito anos, por favor, pare por aqui, recomendo que leia "As Aventuras de Jorge" (é para sua idade). Aqui, somente poderá ser lido por pessoas acima de dezoito anos, então, se você se encaixa neste perfil, boa leitura.

Por que Cantares de Salomão?

Quando era adolescente, vi meu pai conversando com um pastor sobre o livro Cantares de Salomão. Ele dizia ao pastor que este livro era muito erótico para estar na Bíblia, então, o pastor alegou que o livro era pra se entender de forma espiritual e não carnal. Foi então que cresceu a curiosidade em mim de poder entender este livro e resolvi lê-lo. Qual foi minha surpresa: não vi nada de erótico, apenas uma devoção de um homem à uma mulher, de um para com o outro, com palavras que não entendia muito, na época. Assim, passou o tempo, até que um dia, quando já era adulto, fui convidado a dar uma palestra para casais. Neste momento, resolvi estudar mais detalhadamente este livro. Descobri coisas que me esclareceram, de forma maravilhosa, muitas dúvidas, elas foram solucionadas e abriram minha mente quanto ao sexo. Vou dizer a vocês, a partir daí, minha esposa e eu passamos a aproveitar melhor a vida de casado. Espero que nesta leitura vocês não fiquem escandalizados com o que vou escrever e nem me tenha por depravado, apenas, quero que vocês também passem a utilizar este livro como um devocional para o seu casamento e também para a relação sexual. Que Deus te ilumine, e entenda, Ele te fez para viver em harmonia com seu cônjuge e aproveitar as delícias do sexo.

De preferência, leiam este livro juntos e se possível sobre a cama. Se pintar algum clima entre vocês, parem de ler e aproveitem o tempo juntos, depois, voltem a ler.

Vou colocar minhas explicações abaixo de cada parte

dos versículos, logicamente, espero ser bem sucinto, assim, você entenderá o que cada versículo, ou passagem, quer dizer. Espero que você consiga tirar o máximo de proveito deste livro que foi escrito totalmente dedicado aos casais, por isso aproveite e tenha uma ótima leitura deste livro tão maravilhoso. Deus te abençoe.

Cânticos 01
O Sexo na Vida do Casal

1. O cântico dos cânticos, que é de Salomão.

Este livro foi escrito em forma de poesia e seu autor foi Salomão, que se tornou o terceiro rei de Israel, assumiu o trono, logo após a morte de seu pai, o rei Davi. Recebeu de Deus grande sabedoria. Em 1 Reis 3:9-12 diz:

A teu servo, pois, dá um coração entendido para julgar a teu povo, para que prudentemente discirna entre o bem e o mal; porque quem poderia julgar a este teu tão grande povo?
E esta palavra pareceu boa aos olhos do Senhor, de que Salomão pedisse isso.
E disse-lhe Deus: Porquanto pediste isso, e não pediste para ti muitos dias, nem pediste para ti riquezas, nem pediste a vida de teus inimigos; mas pediste para ti entendimento, para discernires o que é justo;
Eis que fiz segundo as tuas palavras; eis que te dei um coração tão sábio e entendido, que antes de ti igual não houve, e depois de ti igual não se levantará.

Ele também escreveu vários provérbios e cânticos; Em 1 Reis 4:32 está escrito:

E disse três mil provérbios, e foram os seus cânticos mil e cinco.

Possuiu mil mulheres 1 Reis 11:3:

E tinha setecentas mulheres, princesas, e trezentas concubinas; e suas mulheres lhe perverteram o coração.

E somente uma ele amou que foi a Sulamita, à qual dedicou este livro de Cantares. Ela era uma camponesa e sua família se dedicava no cuidado de ovelhas e, ainda, de algumas vinhas. Possuía uma enorme beleza, que chamou a atenção deste rei, que passa a conhecê-la, se tornando a mais desejada de todas.

2. Beije-me ele com os beijos da sua boca; porque melhor é o seu amor do que o vinho.

Este versículo inicia-se com a Sulamita descrevendo a importância de um beijo numa relação. Vivemos numa época em que casais passam dias, até meses, sem se beijarem, ou só se beijam em épocas festivas. O beijo é algo fundamental numa relação, pois demonstra o que vem do coração. Ela diz que é algo melhor que o vinho, pois o vinho traz alegria, e, como o beijo, também traz aproximação e afeição. A Revista Abril na edição A Filosofia de Um Beijo, esclareceu que existe um estudo que investiga como o beijo interfere no cérebro e proporciona bem-estar. O neurocientista, Wendy Hill, do Lafayette College, nos Estados Unidos, constata que o encontro bucal aumenta a produção de ocitocina, o mesmo hormônio que instiga vínculos entre o bebê e a mãe. "O beijo aplaca o estresse e faz liberar endorfinas, substâncias por trás da sensação de tranquilidade", segundo Hill.

As carícias entre os lábios são, ainda, um indicativo de uma vida sexual saudável. "Quando um casal não se beija, a relação já não tem o mesmo afeto", afirma. Por outro lado, parceiros que investem em beijos mais "calientes" têm maiores chances de garantir, ou resgatar, a qualidade do bem-bom. "Esse ato é marcado por uma sensação erótica, já que as mucosas da boca são muito enervadas e vascularizadas, só perdendo para os genitais", explica. Dá para entender, portanto, por que a troca de saliva estreita os laços e aumenta a autoestima entre o casal. Você há de convir que não existe melhor presente para quem quer ser eternamente namorado. Então, neste momento, olhe para o seu amor, dê-lhe um beijo como vinho, bem molhado, vindo do fundo do seu coração.

3. Suave é o cheiro dos teus perfumes; como perfume derramado é o teu nome; por isso as donzelas te amam.

O perfume é algo antigo que o ser humano sempre usou para atrair o seu par e espantar os odores. Por isto, sempre que um casal vai se relacionar, é de extrema importância, estarem limpos e perfumados, a fim de evitarem constrangimentos. É sempre importante procurar um ginecologista ou urologista para de se prevenirem e evitarem a proliferação de bactérias. Lembre-se sempre: a higiene é importante. Alguns cientistas afirmam que tanto o homem, como a mulher libera, continuamente, pelos poros da pele e, até pelo hálito, produtos químicos chamados feromônios. A palavra feromônio procede do grego, e significa portador de excitação. São substâncias que exercem influência sobre a atração (ou a falta desta) entre duas pessoas. Os cheiros têm um forte poder sobre o comportamento humano, incluindo o sexual. Variados estudos afirmam que o ser humano é um dos animais mais perfumados, ou seja, estes feromônios, que expelimos de nossos corpos, são que atraem o sexo oposto. Isto é tão automático que o cérebro é capaz de guardar e perceber quando o outro está pronto para uma relação sexual. Isto vem através deste perfume natural. Será que você é capaz de percebê-lo? Sinta o cheiro, seja sensível, reconheça.

4. Leva-me tu; correremos após ti. O rei me introduziu nas suas recamaras; em ti nos alegraremos e nos regozijaremos; faremos menção do teu amor mais do que do vinho; com razão te amam.

Aqui, provavelmente, ela foi escolhida para ser sua esposa. Talvez, uma festa de casamento, onde ela fosse separada e preparada para o seu esposo. Ela faz menção do amor como algo importante, que é realidade. Uma relação sem amor se torna algo infeliz e triste, o apóstolo Paulo nos dá uma verdadeira lição sobre o amor, olha o que diz 1 Coríntios 13:1-13:

Ainda que eu falasse as línguas dos homens e dos anjos, e não tivesse amor, seria como o metal que soa ou como o sino que tine.
E ainda que tivesse o dom de profecia, e conhecesse todos os mistérios e toda a ciência, e ainda que tivesse toda a fé, de

maneira tal que transportasse os montes, e não tivesse amor,
nada seria.
E ainda que distribuísse toda a minha fortuna para sustento dos
pobres, e ainda que entregasse o meu corpo para ser queimado,
e não tivesse amor, nada disso me aproveitaria.
O amor é sofredor, é benigno; o amor não é invejoso; o amor
não trata com leviandade, não se ensoberbece.
Não se porta com indecência, não busca os seus interesses, não
se irrita, não suspeita mal;
Não folga com a injustiça, mas folga com a verdade;
Tudo sofre, tudo crê, tudo espera, tudo suporta.
O amor nunca falha; mas havendo profecias, serão aniquiladas;
havendo línguas, cessarão; havendo ciência, desaparecerá;
Porque, em parte, conhecemos, e em parte profetizamos;
Mas, quando vier o que é perfeito, então o que o é em parte será
aniquilado.
Quando eu era menino, falava como menino, sentia como
menino, discorria como menino, mas, logo que cheguei a ser
homem, acabei com as coisas de menino.
Porque agora vemos por espelho em enigma, mas então
veremos face a face; agora conheço em parte, mas então
conhecerei como também sou conhecido.
Agora, pois, permanecem a fé, a esperança e o amor, estes três,
mas o maior destes é o amor.

Em Efésios 5:22-33:

Vós, mulheres, sujeitai-vos a vossos maridos, como ao Senhor;

Porque o marido é a cabeça da mulher, como também Cristo é a cabeça da igreja, sendo ele próprio o salvador do corpo.

De sorte que, assim como a igreja está sujeita a Cristo, assim também as mulheres sejam em tudo sujeitas a seus maridos.

Vós, maridos, amai vossas mulheres, como também Cristo amou a igreja, e a si mesmo se entregou por ela,

Para a santificar, purificando-a com a lavagem da água, pela palavra,

Para a apresentar a si mesmo igreja gloriosa, sem mácula, nem ruga, nem coisa semelhante, mas santa e irrepreensível.

Assim devem os maridos amar as suas próprias mulheres, como a seus próprios corpos. Quem ama a sua mulher, ama-se a si mesmo.

Porque nunca ninguém odiou a sua própria carne; antes a alimenta e sustenta, como também o Senhor à igreja;

Porque somos membros do seu corpo, da sua carne, e dos seus ossos.

Por isso deixará o homem seu pai e sua mãe, e se unirá a sua mulher; e serão dois numa carne.

Grande é este mistério; digo-o, porém, a respeito de Cristo e da igreja.

Assim também vós, cada um em particular, ame a sua própria mulher como a si mesmo, e a mulher reverencie o marido.

5. Eu sou morena, mas formosa, ó filhas de Jerusalém, como as tendas de Quedar, como as cortinas de Salomão.

Isto é valorização pessoal. Uma das coisas importantes é a

pessoa se amar e se achar linda. A Sulamita se compara às tendas de Quedar, que deviam ser umas das melhores tendas da época, e às cortinas, que deviam de ser espetaculares. E você, tem se valorizado? Ao que você tem se comparado? Hoje, o mundo coloca padrões de beleza que fogem do normal, com isto, pessoas estão se tornando verdadeiras bonecas humanas, tudo feito de plástico e silicone. Não sou contra a operação plástica, em caso de algum defeito genético ou acidente, mas, usar este recurso para se cultuar é bem diferente, o culto ao corpo é pecado. Muitos tem se esquecido disto, têm dado mais tempo a si mesmo, do que ao seu cônjuge, cuidado. Cuide de sua saúde e de seu corpo, valorize-se para ser valorizado, tudo dentro do equilíbrio, por isto, use maquiagem e filtro solar, cuidar da pele é essencial; Beba dois litros de água por dia, pois ela é essencial para a saúde das células e deixa a pele mais bonita; Manicure e salão de beleza não podem faltar; Se vestir bem ajuda muito na autoestima.

6. Não repareis em eu ser morena, porque o sol crestou-me a tez; os filhos de minha mãe indignaram-se contra mim, e me puseram por guarda de vinhas; a minha vinha, porém, não guardei.

Aqui ela esclarece que sua cor é devido ao seu trabalho imposto por seus irmãos, pois a separaram para guardar as vinhas. Deviam estar próximos da colheita de seus frutos, enquanto ela acaba se esquecendo da sua própria vinha. Isto deixa claro que muitos, ao se casarem, esquecem que sua família agora é seu cônjuge, pois constituiram uma família, em Gênesis 2:24 diz:

Portanto deixará o homem o seu pai e a sua mãe, e apegar-se-á à sua mulher, e serão ambos uma carne.

Seus pais e irmãos passam a ser parentes e não devem se intrometer na vida do casal, por isso, quando se casam, devem morar separados dos parentes, evitando, assim, estes tipos de constrangimentos. Uma coisa que sempre aconselho aos noivos é que nunca devem morar com os pais, alguns dizem ser por pouco tempo, até se estabilizarem, mas não recomendo.

> **7. Dize-me, ó tu, a quem ama a minha alma: Onde apascentas o teu rebanho, onde o fazes deitar pelo meio-dia; pois, por que razão seria eu como a que anda errante pelos rebanhos de teus companheiros?**
> **8. Se não o sabes, ó tu, a mais formosa entre as mulheres, vai seguindo as pisadas das ovelhas, e apascenta os teus cabritos junto às tendas dos pastores.**

O esposo se sente rejeitado pela esposa por causa de seus parentes, era como se dissesse: fique com os teus, já que são tão importantes, mas ela está arrependida e quer se dedicar ao seu esposo. Faça isso você também. Dedique um tempo para seu cônjuge, aproveitem um tempo sozinhos e busquem o amor.

> **9. A uma égua dos carros de Faraó eu te comparo, ó amada minha.**

> *10. Formosas são as tuas faces entre as tuas tranças, e
> formoso o teu pescoço com os colares.
> 11. Nós te faremos umas tranças de ouro, marchetadas
> de pontinhos de prata.*

Estes três versículos mostram algo importante para os homens, ou seja, a mulher se conquista pelos ouvidos. Pelo seu tratamento, dedicado à ela, as éguas de faraó eram os melhores animais escolhidos e se destacavam por sua beleza e físico. Era como se dissesse: És a mais linda e formosa. Aproveito para dizer: quanto tempo faz que não elogia tua esposa? Salomão amava ornar sua amada, gastava com enfeites, pois toda mulher é vaidosa e ama presentes. Não espere dia de comemoração como dia das mães, ou namorados, crie você um dia especial para ela, faça uma bela surpresa, pois elas amam surpresas.

> *12. Enquanto o rei se assentava à sua mesa, dava o
> meu nardo o seu cheiro.*

Lembra quando disse sobre os feromônios? Ela, agora, tem uma iniciativa de procurar seu esposo. Uma dica às mulheres: procurem ter iniciativa, não esperem apenas os esposos terem a iniciativa quanto ao sexo.

> *13. O meu amado é para mim como um saquitel de
> mirra, que repousa entre os meus seios.
> 14. O meu amado é para mim como um ramalhete de
> hena nas vinhas de En-Gedi.*

O sexo não precisa, necessariamente, ser feito numa cama.
Existem lugares, dentro da casa, que podem servir para este ato.
Às vezes, a rotina no sexo causa esfriamento entre os casais.
Procure, como a Sulamita, aproveitar o momento, pois neste
instante, ela aproveita que o esposo está sentado à sua mesa e
ela vai ao seu encontro, acaricia o seu órgão sexual, comparando
a um ramalhete de flores e coloca-o entre os seus seios,
estimulando-o, até atingir o orgasmo. Com isto, ela compara o
sêmen à plantas de hena, na qual se produzia uma tinta viscosa,
com cheiro agradável. O amor é tão poderoso entre os dois que
ela procura agradar o esposo de uma forma maravilhosa. Tens
agradado o teu cônjuge? E você, o que tem feito de diferente?

> *15. Eis que és formosa, ó amada minha, eis que és*
> *formosa; os teus olhos são como pombas.*
> *16. Eis que és formoso, ó amado meu, como amável és*
> *também; o nosso leito é viçoso.*
> *17. As traves da nossa casa são de cedro, e os caibros*
> *de cipreste.*

Após este ato de intimidade, ele olha para ela de forma
carinhosa, pois ele está ainda aproveitando este momento de
prazer, concedido por ela, e quer agradecê-la. Então, ela diz que
ama tudo que seu corpo tem e pode propiciar, com isto, o último
versículo fala uma grande verdade, ou seja, o sexo é um dos
pontos importante na estrutura de um lar. Quando um casal é
feliz no sexo a sua casa tem estrutura e nada pode abalar.
Alguns anos atrás, a mulher não podia tomar nenhuma atitude

no sexo, isso era apenas para os homens, ou seja, vivíamos uma sociedade machista, mas hoje as mulheres se posicionaram e tem também seu lugar na sociedade. Ainda hoje, algumas mulheres, como homens, acham que se fizerem o sexo fora dos padrões comuns quebram a santidade. Quero dizer que de maneira nenhuma. Garanto que uma mulher e um homem, quando estão satisfeitos no sexo, não serão tentados por outras coisas. Com isto, se tornam verdadeiramente separados do mundo. Aproveitem as delícias do sexo que Deus proporcionou para nós.

Cânticos 02:
Fantasias e Sexo Oral

1. Eu sou a rosa de Sarom, o lírio dos vales.

Ela se compara à uma flor selvagem, tem seus desejos e suas carências, necessita do seu amor. Assim é toda mulher, ela tem desejos e vontades. Muitos homens se perguntam se as mulheres têm fantasias sexuais, e quais são elas. Uma vez que dificilmente uma mulher se abre com o esposo, conta o que lhe dá tesão na hora do sexo. Vergonhas à parte, sim, as mulheres têm fantasias sexuais. Se não sabe, pergunte a ela qual é a sua fantasia ou o que ela deseja, pois o striptease é uma delas. Algumas sentem medo ou ficam na dúvida se vai ser atraente ou repulsivo ao esposo. Posso lhe dizer que todo homem gosta, então, coloque uma canção romântica e faça. Algumas desejam se vestir com algo diferente, como enfermeira, estudante, tigresa, bailarina, etc. Aproveite este momento e coloquem este assunto em dia, falem sobre o que querem ou desejam.

2. Qual o lírio entre os espinhos, tal é a minha amada entre as filhas.

Aqui ele está dizendo que mesmo entre as dificuldade, ou lutas da vida, ela é o que o faz feliz e traz a paz a sua vida. O esposo precisa sempre dizer o quanto a sua esposa é importante para ele. A falta de diálogo pode causar certo distanciamento e prejudicar a relação. Fale as coisas boas do seu cônjuge, não só as ruins.

3. Qual a macieira entre as árvores do bosque, tal é o meu amado entre os filhos; com grande gozo sentei-me à sua sombra; e o seu fruto era doce ao meu paladar.

Aqui, talvez, seja um dos pontos mais polêmicos entre os religiosos, pois ela compara o esposo à uma macieira, o seu fruto é doce ao paladar, isto aqui, nada mais é do que o sexo oral, onde ela aproveita do seu fruto. Logicamente, o sexo oral não é pecado. O que é interessante é que as mesmas propriedades químicas que existem numa maçã são semelhantemente encontradas num sêmen, tais como: Fructose, proteína, cálcio, fósforo, potássio etc. Para que o sexo oral aconteça num relacionamento, é necessário o consentimento mútuo. Não tem nada de mais o esposo acariciar e oralmente sentir o órgão sexual de sua esposa. Muitas mulheres chegam facilmente ao orgasmo com esta relação, e, também, a esposa pode aproveitar e cariciar e oralmente sentir o órgão sexual de seu esposo. Agora, muitas preferem não ter a ejaculação dentro de sua boca, pois não se sente preparada pra isto, o esposo deve entender. As que conseguem, não há problema nenhum. Alguns perguntam quanto à existência de bactéria ou algo semelhante, posso te dizer que o órgão sexual feminino, ou masculino são limpos. É necessário, para ter esta relação, uma boa higiene. Se tiver alguma enfermidade, ou algo que incomoda, procure um médico e faça o tratamento para poder estar disposto a mais uma delícia do sexo.

4. Levou-me à sala do banquete, e o seu estandarte sobre mim era o amor.

Aqui, é o sexo sendo praticado sem culpa ou remorso. Acaba sendo algo tão especial, que a Sulamita pode dizer: é um banquete, aproveite de tudo. O estandarte nada mais é do que o órgão masculino ereto, pronto para esta relação. Bom é que o homem consiga se controlar antes de ejacular, pois a sua esposa poderá aproveitar o máximo de prazer. Alguns têm ejaculação precoce e acabam frustrando sua esposa. Meu amigo leitor, se acaso você passa por algo semelhante, procure um médico, pois hoje já existem medicamentos e até pomadas que podem te ajudar. Faça sua esposa feliz.

5. Sustentai-me com passas, confortai-me com maçãs, porque desfaleço de amor.
6. A sua mão esquerda esteja debaixo da minha cabeça, e a sua mão direita me abrace.

Neste momento, os dois chegaram ao orgasmo e se sentem felizes pelo que alcançaram. Quando um casal chega ao orgasmo juntos, é algo tão sublime que parecem que conseguiram alcançar um prêmio de altíssimo valor.
O orgasmo é o troféu do sexo. Alcançá-lo na mesma hora que o cônjuge então, é como vencer o campeonato com empate e ainda assim explodir de felicidade.
Mas o orgasmo simultâneo é tão especial quanto raro. A Revista Vila Mulher fez uma entrevista com a socióloga Márcia

Goldstein, especialista em sexualidade, e afirma que mesmo que a maioria dos casais consiga, em algum momento da relação, a proporção é baixíssima e pode levar ao sentimento de frustração. Segundo ela, a descontração é a chave para chegar ao orgasmo na mesma hora. Não pensar muito no assunto, fazer sexo sem esse objetivo e se preocupar o mínimo possível em quando o outro vai chegar lá pode servir de fórmula perfeita. A dica é não dar tanta importância e, quanto menos se espera, ele surge. Márcia indica que as melhores posições sexuais para o orgasmo simultâneo vão depender do casal e das características fisiológicas de cada um. "Mas a posição da colherzinha facilita que o homem proporcione estímulo clitoriano na parceira", indica. Incluir um vibrador pode potencializar a brincadeira. "É muito importante estimular o clitóris durante a penetração", reforça. Segundo Márcia, isso pode ser o grande diferencial na hora de garantir o prazer completo a dois.

O mais importante é não transferir a responsabilidade do prazer ao outro. E lembrar que marcar gol dos dois lados depende muito da qualidade do estímulo erótico. Dos dois times.

7. Conjuro-vos, ó filhas de Jerusalém, pelas gazelas e cervas do campo, que não acordeis nem desperteis o amor, até que ele o queira.

O homem tem um pequeno problema depois da ejaculação, todos os seus músculos e nervos relaxam, causando sonolência, diferente da mulher, que está ativa. Muitas reclamam que após o sexo o esposo vira e dorme, se sentem ruins e desprezadas com isto, mas é algo que acontece naturalmente, com todos os homens. Sulamita, sabendo disto, deixa o esposo descansar, pois sabe que quando ele despertar novamente poderá trazer o seu estandarte de amor.

> *8. A voz do meu amado! Eis que vem aí, saltando sobre os montes, pulando sobre os outeiros.*
> *9. O meu amado é semelhante ao gamo, ou ao filho do veado; eis que está detrás da nossa parede, olhando pelas janelas, lançando os olhos pelas grades.*
> *10. Fala o meu amado e me diz: Levanta-te, amada minha, formosa minha, e vem.*

O homem ele está pronto para o sexo, a qualquer hora, pois é como um cervo que pula de um lado para o outro. Já para a mulher, é necessário as preliminares, pois, como já disse anteriormente, a mulher se conquista com palavras e ela ama ser adulada. Como uma vez ouvi de um pastor: o homem é como micro-ondas, em menos de um minuto está pronto, mas a mulher é como forno a lenha demora pegar, mas quando pega fogo dura noite toda, e demora apagar, quero ver o homem ter lenha pra tudo isto. Quando a Sulamita compara o esposo, olhando pela janela, é porque o homem se conquista com os olhos, por isto, aqui vai uma dica às mulheres: compre lingerie que destaque o seu corpo, use shorts ou blusas sensuais para seu marido. Algumas se esquecem disto e saem à rua desta forma, provocando outros homens. Procure provocar seu marido, seja sensual.

11. Pois eis que já passou o inverno; a chuva cessou, e se foi;

12. Aparecem as flores na terra; já chegou o tempo de cantarem as aves, e a voz da rola ouve-se em nossa terra.

13. A figueira começa a dar os seus primeiros figos; as vides estão em flor e exalam o seu aroma. Levanta-te, amada minha, formosa minha, e vem.

Infelizmente, nem tudo na vida de um casal são flores. Há momentos na vida que aparecem as lutas e as dificuldades, comparadas aqui, como o inverno e chuva. Estas lutas podem ocasionar um afastamento do casal, ou mesmo por discordância entre os dois. Então, é momento dos dois buscarem a Deus e encontrarem o caminho certo para conquistar a vitória. Lembre-se que uma luta é vencida mais facilmente quando existe a união, por isto, ele a convida e diz: levanta-te, amada minha, formosa minha, e vem. Lutem juntos e vençam as batalhas.

14. Pomba minha, que andas pelas fendas das penhas, no oculto das ladeiras, mostra-me o teu semblante faze-me ouvir a tua voz; porque a tua voz é doce, e o teu semblante formoso.

A mulher, quando se sente abandonada, ou longe, muitas vezes por atitudes do esposo, algo que ele tenha falado, ela se afasta e fica escondida. Se faz necessário que o homem reconheça seu erro e peça perdão. O perdão é algo que modifica, totalmente, situações que parecem não ter solução, segue abaixo uma ilustração sobre o perdão:

Uma senhora foi certa vez ao seu pastor, em grande amargura de espírito, levando nas mãos um punhado de areia molhada.

– O senhor está vendo o que é isto? – perguntou.

– Sim, é areia molhada.

– Mas o senhor não sabe o que ela significa, não?

– Não, não o posso dizer. Que significa?

– Sou eu – respondeu ela, chorando. – É a grande multidão dos meus pecados, que não podem ser numerados.

– Onde conseguiu essa areia? – perguntou o pastor.

– Lá em baixo, na praia.

– Volte lá – disse ele – e tome consigo uma pá. Ajunte um grande monte de areia e faça-o tão alto quanto possa. Então volte à beira da praia e fique observando o que vai acontecer quando a onda vier.

Dentro de uma hora ela voltou e relatou o seguinte:

– Pastor, a onda passou por sobre o monte de areia que fiz e levou-o completamente!

– É justamente assim – respondeu o pastor – quando pedimos ao nosso Pai celestial, por amor de Jesus, que nos perdoe os pecados.

Semelhantemente, podemos aprender com perdão de Cristo e aplicá-lo no relacionamento conjugal, removendo todo, e qualquer, obstáculo que impede um relacionamento sólido e duradouro.

15. *Apanhai-nos as raposas, as raposinhas, que fazem mal às vinhas; pois as nossas vinhas estão em flor.*

Aqui, a comparação com as raposas é, justamente, porque a raposa é uma caçadora oportunista, se aproveita dos descuidos da sua presa. Então, a briga, que venha existir entre o casal, nunca deve se prolongar, pois como diz em Efésios 4.26-27 :

Irai-vos, e não pequeis; não se ponha o sol sobre a vossa ira. Não deis lugar ao diabo.

Então jamais uma briga ou discussão deve passar para outro dia, pois até as orações são impedidas veja o que diz 1 Pedro 3.7:

Igualmente vós, maridos, coabitai com elas com entendimento, dando honra à mulher, como vaso mais fraco; como sendo vós os seus co-herdeiros da graça da vida; para que não sejam impedidas as vossas orações.

Existem várias raposas querendo tirar proveito destas brigas. Às vezes, a falta de sexo no casamento são brechas para entrada de raposas que acabam com vinhas que estão em flor.
Tome você a atitude de perdoar ou pedir o perdão, lute pelo seu cônjuge, e mantenha seu lar e sua família em pé!

16. *O meu amado é meu, e eu sou dele; ele apascenta o seu rebanho entre os lírios.*
17. *Antes que refresque o dia, e fujam as sombras, volta,*

amado meu, e faze-te semelhante ao gamo ou ao filho dos veados sobre os montes de Beter.

Reconheça o valor de seu cônjuge, lute, preserve, faça com que o amor prevaleça. Seja humilde e reconheça suas falhas, peça perdão, perdoe, dedique-se, sejam felizes e voltem ao sexo romântico e prazeroso.

Cânticos 03:
Reconciliação e Honra

1. De noite, em meu leito, busquei aquele a quem ama a minha alma; busquei-o, porém não o achei.
2. Levantar-me-ei, pois, e rodearei a cidade; pelas ruas e pelas praças buscarei aquele a quem ama a minha alma. Busquei-o, porém não o achei.
3. Encontraram-me os guardas que rondavam pela cidade; eu lhes perguntei: Vistes, porventura, aquele a quem ama a minha alma?
4. Apenas me tinha apartado deles, quando achei aquele a quem ama a minha alma; detive-o, e não o deixei ir embora, até que o introduzi na casa de minha mãe, na câmara daquela que me concebeu:
5. Conjuro-vos, ó filhos de Jerusalém, pelas gazelas e cervas do campo, que não acordeis, nem desperteis o amor, até que ele o queira.

Estes versículos mostram o que acontece quando uma separação vem a ocorrer. Neste caso, a Sulamita tenta achar em sua cama o seu amado e já não está presente. Quantos casais se encontram em situações semelhantes: se sentem sozinhos, mesmo estando casados, por causa de discussões, situações não resolvidas, falta de diálogo e tantas outras coisas. Um casal jamais deve se separar, devem buscar a solução do problema. Infelizmente, para muitos, a conversa não existe. É necessário se sentar e um olhar no olho do outro, colocando às claras tudo aquilo que está engasgado, sem ofender ou brigar, apenas esclarecer. Se todos fizessem isso, seria uma mudança no casamento, ou seja, passariam a serem verdadeiros um com o outro. A Sulamita venceu seu orgulho, atravessou a cidade em busca de seu amor e se reconciliou.

Quando diz: entrou na casa de minha mãe, era como se dissesse que se lembrou de como se conheceram e se relacionaram sexualmente pela primeira vez. Isto é um bom exemplo. Às vezes, precisamos lembrar-nos dos primeiros dias de casado. No início, eram várias vezes, sem se preocupar com horário, ou qualquer outro fato, a única coisa que queriam era o sexo. Façam isso, relembrem os primeiros dias, separem momentos assim, esqueçam passados ruins e lembrem-se das coisas boas. Em 1 Coríntios7.3-5 diz:

O marido pague à mulher a devida benevolência, e da mesma sorte a mulher ao marido.
A mulher não tem poder sobre o seu próprio corpo, mas tem-no o marido; e também da mesma maneira o marido não tem poder sobre o seu próprio corpo, mas tem-no a mulher.
Não vos priveis um ao outro, senão por consentimento mútuo por algum tempo, para vos aplicardes ao jejum e à oração; e depois ajuntai-vos outra vez, para que Satanás não vos tente pela vossa incontinência.

Paulo nos ensina que os casais devem se relacionar e se acaso houver a necessidade de uma separação, por causa de

consagração ou jejum, isto deverá ser de comum acordo, e não
deverá ser por muito tempo, para que o inimigo não tente o casal.
Aproveitem os belos momentos de amor.

*6. Que é isso que sobe do deserto, como colunas de
fumaça, perfumado de mirra, de incenso, e de toda sorte de
pós aromáticos do mercador?*
*7. Eis que é a liteira de Salomão; estão ao redor dela
sessenta valentes, dos valentes de Israel,*
*8. todos armados de espadas, destros na guerra, cada
um com a sua espada a cinta, por causa dos temores noturnos.*
*9. O rei Salomão fez para si um palanquim de madeira
do Líbano.*
*10. Fez-lhe as colunas de prata, o estrado de ouro, o
assento de púrpura, o interior carinhosamente revestido pelas
filhas de Jerusalém.*
*11. Saí, ó filhas de Sião, e contemplai o rei Salomão
com a coroa de que sua mãe o coroou no dia do seu desposório,
no dia do júbilo do seu coração.*

Aqui vemos a demonstração do esposo para com a esposa. Ele a
coloca em lugar de destaque, ou seja, dá honra à sua amada.
Todos podem contemplar a sua beleza e ela está toda cercada de
soldados, para defendê-la de qualquer situação. Como Salomão
é rei, demonstra seu poderio e força, assim faz com sua amada,
colocando-a ao seu lado. Desde o início, a mulher foi feita para
estar ao lado de seu marido, não foi colocada para ser capacho
debaixo dos pés do homem e nem acima de sua cabeça, foi para

ser igual e caminharem juntos, um respeitando ao outro. Salomão faz algo que todo marido devia fazer: mostrar a todos o quanto a sua esposa é importante, e as esposas deviam fazer o mesmo. É tão lindo ver casais que se respeitam e se amam, diferente daqueles que só sabem zombar e ironizar suas esposas. Segue abaixo uma pequena ilustração:

Certo marido muito espirituoso, que gostava de brincar, costumava dizer para a sua esposa: "Querida você é tão linda!" E quando ela ficava toda feliz com o elogio, ele completava: "Pena que é tão burra!"

A esposa a princípio ficou sem ação, mas à medida que a brincadeira foi se repetindo, e algumas vezes até na presença dos amigos, ela se sentiu mais humilhada pelo marido e muito enganada.

Um dia em que ele repetiu a brincadeira costumeira, ela respondeu de sarcasmo: "Querido, sabe por que Deus me fez bonita? Para que você pudesse me escolher. E sabe por que fez burra? Para que eu pudesse escolher você!"

Esse marido não estava cumprindo o compromisso assumido no altar. Honrar significa tratar com consideração e com respeito. Honrar é tratar alguém com dignidade, colocar essa pessoa em posição de honra.

Mas honrar não é apenas na frente dos outros, mas na

intimidade também. Se levarmos a sério nossa responsabilidade de honrar a Deus, será mais fácil honrar o cônjuge também.

Cânticos 04:
Excitação Masculina e Feminina

1. Como és formosa, amada minha, eis que és formosa! Os teus olhos são como pombas por detrás do teu véu; o teu cabelo é como o rebanho de cabras que descem pelas colinas de Gileade.

O esposo fala à sua amada como ela é e a elogia por tudo. Uma situação interessante é que naquela época as mulheres tinham o costume de utilizarem o véu no seu rosto, deixando o marido tentado por ver a sua maquiagem e beleza. Isto trás uma lição maravilhosa, a mulher deve se vestir a fim de chamar a atenção do marido. Pode ver que existem lingeries que deixam a mulher bem atraente, sem mostrar tudo. Isto aguça a curiosidade do esposo. Faça isto, compre, se enfeite para esposo. Os esposos devem contribuir para isto também, pois algumas não trabalham e dependem do esposo. Quando a esposa fala para o marido que vai comprar alguma coisa semelhante, ele diz que é bobagem, não precisa disto, prefere que ela continue utilizando aquela roupa que parece que veio da segunda guerra, toda frouxa e furada. O esposo também deve buscar ter roupas íntimas para estes momentos especiais, que deixem a esposa bem curiosa sobre o que tem por baixo da roupa.

2. Os teus dentes são como o rebanho das ovelhas tosquiadas, que sobem do lavadouro, e das quais cada uma

tem gêmeos, e nenhuma delas é desfilhada.

Outro detalhe importante é o cuidado da higiene bucal, algo que, muitas vezes, atrapalha um relacionamento. Procure um dentista, ou mesmo cuide do estômago para evitar mau hálito. Num momento íntimo, use bala, chiclete ou desodorante bucal, assim, evite constrangimentos. Já ouvi histórias de casais, em que o marido reclamava da esposa, porque ela amava comer cebola e na hora do relacionamento ele só sentia o cheiro, por isso evitava o sexo. Outro, a esposa pedia para o marido virar o rosto, para que ela não sentisse o cheiro do seu hálito e isto causava grandes dificuldades para ela chegar ao orgasmo. Então, procure se cuidar. Tenha um hálito bom e um sorriso irradiante.

3. Os teus lábios são como um fio de escarlate, e a tua boca e formosa; as tuas faces são como as metades de uma romã por detrás do teu véu.

Quanto tempo faz que não elogia o corpo de tua esposa? Segue um texto de Luis Fernando Veríssimo:

UM HOMEM INTELIGENTE FALANDO DAS MULHERES

Tenho apenas um exemplar em casa, que mantenho com muito zelo e dedicação, mas na verdade acredito que é ela quem me mantém. Mulher vive de carinho. Dê-lhe em abundância. É coisa de homem sim, e se ela não receber de você vai pegar de outro. Beijos matinais e um 'eu te amo' no café da manhã as mantém viçosas e perfumadas durante todo o dia.

Flores também fazem parte de seu cardápio – mulher que não recebe flores murcha rapidamente e adquire traços masculinos como rispidez e brutalidade. Respeite a natureza. Você não suporta TPM? Case-se com um homem.

Mulheres menstruam, choram por nada, gostam de falar do próprio dia. Não faça sombra sobre ela. Se você quiser ser um grande homem tenha uma mulher ao seu lado, nunca atrás. Assim, quando ela brilhar, você vai pegar um bronzeado. Porém, se ela estiver atrás, você vai levar um pé-na-bunda. Aceite: mulheres também têm luz própria e não dependem de nós para brilhar. O homem sábio alimenta os potenciais da parceira e os utiliza para motivar os próprios.

Ele sabe que, preservando e cultivando a mulher, ele estará salvando a si mesmo.

É, meu amigo, se você acha que mulher é caro demais, vire gay. Só tem mulher quem pode!

4. O teu pescoço é como a torre de Davi, edificada para sala de armas; no qual pendem mil broquéis, todos escudos de guerreiros valentes.

Enfeite tua esposa, compre um belo colar para o seu pescoço, deixe-a formosa. Neste ponto, quando se fala no pescoço, acredito que também se fala na questão da opinião da esposa, pois é ele que vira a cabeça se sim ou não, então, demonstra que o esposo deve, também, respeitar a opinião da esposa.

***5. Os teus seios são como dois filhos gêmeos da gazela,
que se apascentam entre os lírios.
6. Antes que refresque o dia e fujam as sombras, irei ao
monte da mirra e ao outeiro do incenso.***

Vejo que aqui, a cada elogio, ele deveria estar retirando uma peça de roupa, acariciando e beijando cada parte, isto é muito importante. Ou seja, o esposo não precisa ser afoito, são preliminares de uma relação. Assim, ele vai descendo, passa pelos seios e desce ao monte de mirra, que nada mais é do que o órgão sexual feminino. Então, aqui o homem está aproveitando para ter uma intimidade com sua esposa e indo ao sexo oral, pois mirra, nada mais é, que a lubrificação da vagina ocorrida com toda as preliminares. Segue abaixo uma dica para as esposas de um texto retirado da revista Daquidali:

O DaquiDali conversou com a terapeuta sexual e autora do livro "A Metade da Laranja?" (Editora Master Books) Ana Canosa e pediu a ela que indicasse, por meio de um mapa corporal, as áreas de maior excitação masculina. Neste bate-papo, a especialista aproveitou também para dar dicas essenciais de como explorá-las em uma noite quente e inesquecível.

1. Boca: o bom sexo começa pela boca. Explore-a passando a língua sobre os lábios do esposo. Experimente pequenas mordidinhas durante o beijo. Por ser uma área sensível, os lábios disparam sensações prazerosas. Depois disso, será impossível

ele querer parar por aí.

2. Pescoço e nuca: o pescoço e a nuca são zonas erógenas em que os homens também gostam de ser estimulados. Vale apostar em beijos, lambidas, mordidas e até arranhões com as unhas. Que tal?

3. Orelhas: elas concentram terminações nervosas, por isso, são supersensíveis. Eles adoram quando a parceira aproxima a respiração dessa região, com gemidos e sussurros. Quer deixar o esposo doido? Faça um passeio em torno da orelha com língua e veja só o que acontece!

4. Mamilos: essa é uma região muito sensível, portanto, todo cuidado é pouco. Você pode estimular a região com as mãos ou a boca e até arriscar algumas mordidinhas – de leve. Se o negócio estiver mesmo "quente", pegue uma pedrinha de gelo e passe sobre a área. Ele não vai resistir!

5. Pênis: outro espaço sensível do corpo masculino, especialmente a glande, em que eles adoram ser tocados ou sugados. Explore toda a região usando as mãos e a boca – vale até usar os seios. Dedique um tempo para a prática do sexo oral. Eles adoram!

6. Interior das coxas: aqui, vale aquela deslizada leve na região com movimentos de vai e vem com as mãos. Não toque e nem encoste na área íntima, pois a ideia mesmo é provocá-lo para uma maior excitação.

7. Ânus: região que proporciona extrema excitação no homem por causa da quantidade de terminações nervosas. Experimente carícias no local sempre com movimentos delicados. Mas, antes, pergunte a ele se deve ou não.

8. Períneo: área entre os testículos e o ânus. Com o esposo deitado, é possível estimular a região empurrando-o para dentro em movimentos circulares. O estímulo também pode ser feito com a língua de uma maneira muito leve.

Agora uma dica para os esposos retirado do site Guia de bolso da mulher:

1. Rosto: possui várias regiões bastante sensíveis , como a linha de crescimento do cabelo , a face , ao redor dos lábios , as sobrancelhas e as pálpebras . Os toques na esposa devem ser delicados e sutis, percorrendo com leveza cada região, o que propicia sensações bastante variadas.

2. Boca: além de sua atratividade e beleza, a boca tem uma enorme capacidade para dar e receber prazer, com um alto grau de simbolismo sexual por sua cor, calor e umidade. O contorno dos lábios pode ser percorrido suavemente com os dedos e beijos sucessivos, com diferentes pressões, roçar de lábios e encontro de línguas. Quando a boca e a língua passeiam por regiões do corpo da esposa, são produzidas reações de excitação, arrepios, contrações e relaxamento na pele e nos músculos .

3. Lóbulos das Orelhas: suas terminações nervosas os tornam bastante sensíveis. Podem ser acariciados com as pontas dos dedos e com a língua, que por sua umidade e facilidade de variar de temperatura mediante consumo de produtos gelados ou quentes, proporciona sensações agradáveis nela.

4. Pescoço e Nuca: assim como outras zonas de prazer, o pescoço contém diversas terminações nervosas. Por ser um ponto de relaxamento, a nuca é uma das partes mais estimuláveis quando acariciada suavemente. Acariciar o pescoço e a nuca resulta na mulher uma reação prazerosa que se distribui pelo corpo. A nuca transmite uma sensação de confiança a quem recebe a carícia e ternura a quem proporciona.

5. Umbigo e Abdômen: permitem uma série de sensações sexuais, quando tocados pelos lábios, língua, mãos e pés. O grau de excitação aumenta na medida em que há aproximação do púbis.

6. Nádegas: provocam atração e é fonte de prazer quando beijadas, lambidas, beliscadas, mordiscadas e apertadas. Proporcionam prazer a quem faz e a quem recebe as carícias.

7. Coxas: beijos e massagens em toda sua extensão, sobretudo no lado interno (próximo à vulva) e posterior (próximo à dobra das nádegas) causam sensações agradáveis e excitantes. A carícia nessa região é considerada pelas mulheres uma preliminar fundamental para o sexo oral.

8. Tornozelos, Panturrilhas e Pés: os pés possuem conexões nervosas com o resto do corpo, e quando estimulados, por beijos e toques, podem trazer sensações prazerosas que se distribuem a outras áreas. Os dedos dos pés são particularmente sensíveis e proporcionam excitação sexual tanto para quem recebe a carícia como para quem a faz, como lambê-los, chupá-los e fazê-los passear pelo corpo dela, tocando os seios e a vagina.

9. Ânus: a área externa do ânus é altamente estimulável, pois sua origem ectodérmica é a mesma à do clitóris.

Possui terminações nervosas procedentes de regiões cerebrais do prazer e orgasmo. Pode ser estimulado em seu entorno, com beijos e toques com os dedos.

10. Períneo: segmento localizado entre a vagina e o ânus, o períneo é uma das áreas mais erógenas do corpo da mulher. A excitação se dá por beijos, pela língua ou pela mão espalmada fazendo pressão com massagens ritmadas (cobrindo os lábios externos).

11. Púbis: a proximidade com a vulva proporciona grande excitabilidade à mulher quando o púbis é beijado e acariciado com as mãos. A estimulação ritmada do púbis aumenta a irrigação sanguínea da vulva e do clitóris.

12. Seios e Mamilos: os mamilos e suas auréolas são muito sensíveis ao toque, de forma que acariciá-los, massageá-los, apertá-los, mordiscá-los, beijá-los suavemente e pousar o rosto entre eles é muito excitante. À medida que os seios são estimulados, os mamilos ficam eretos e a glândula mamária torna-se mais rija.

13. Lábios Externos e Internos: os lábios genitais são muito sensíveis, em especial a superfície interna, na abertura da vulva. Tocar suavemente com movimentos regulares para cima e para baixo ou para as laterais, deslizar a língua seguindo um ritmo ou beijá-los seguidamente produz grande excitação nela.

14. Clitóris: por ser rico em terminações nervosas, quando manipulado com os dedos ou com a língua, há grande sensação de prazer. Deve ser estimulado com suavidade, destreza e sem precipitação, isto é, não estimular o clitóris antes de outras carícias nas zonas erógenas. Para tornar a sensação mais agradável, procurar lubrificar o clitóris da parceira com saliva ou secreção vaginal para aliviar o atrito. Os movimentos circulares e vibratórios são considerados os melhores para obtenção do orgasmo clitoridiano. Para o movimento circular, apoiam-se os dedos sobre o clitóris fazendo movimentos suaves e constantes. Para os movimentos vibratórios, coloca-se a mão sobre a área púbica fazendo-a vibrar com rapidez, tocando ao mesmo tempo o clitóris com os dedos.

7. Tu és toda formosa, amada minha, e em ti não há mancha.

8. Vem comigo do Líbano, noiva minha, vem comigo do Líbano. Olha desde o cume de Amana, desde o cume de Senir e de Hermom, desde os covis dos leões, desde os montes dos leopardos.

9. Enlevaste-me o coração, minha irmã, noiva minha; enlevaste-me o coração com um dos teus olhares, com um dos colares do teu pescoço.

Estes três versículos demonstram o ápice da relação sexual,

onde os dois alcançaram o orgasmo, por isto, ele aponta para os picos mais altos das montanhas, interessante você não acha? Já chegou a este pico mais alto em seu casamento? Se já chegou, porque não voltar novamente? E se ainda não chegou porque não alcançar? Faça como um alpinista que sobe uma montanha bem devagar, apreciando toda a vista até chegar ao topo, e aí sim, colocar a bandeira da vitória. Deus te fez pra ser feliz no casamento aproveite.

Em algumas reuniões de casais, me perguntaram se poderiam utilizar alguns brinquedos, ou objetos para causar excitação, ou mesmo chegar ao prazer. Vendo este último trecho do verso nove, na qual Salomão diz que seu coração se enlevou por causa do olhar e pelo colar do seu pescoço. Aqui, eu acredito que ela deva ter usado o colar para lhe proporcionar prazer. Então, é claro que podemos ter brinquedos que ajudem numa relação sexual, mas cuidado pra não se machucar. Pode se encontrar em sexy shop, mas de preferência vá o casal na loja para não ficarem constrangidos, outra dica é comprar via internet onde as embalagens são discretas e você não precisa passar por constrangimento. Garanto que irão se divertir.

10. Quão doce é o teu amor, minha irmã, noiva minha! Quanto melhor é o teu amor do que o vinho! e o aroma dos teus ungüentos do que o de toda sorte de especiarias!
11. Os teus lábios destilam o mel, noiva minha; mel e leite estão debaixo da tua língua, e o cheiro dos teus vestidos é como o cheiro do Líbano.

Quão maravilhoso é, quando um casal consegue sentir isto num casamento, sentir o doce e o prazer que é estarem juntos e em intimidade. Sempre livres um com o outro. O cheiro é algo que fica gravado no subconsciente e consegue sentir quando o seu par se aproxima, lembra dos feromônios?

12. Jardim fechado é minha irmã, minha noiva, sim, jardim fechado, fonte selada.

Jardim fechado representa que: somente quem tem a chave pode abrir, ou seja, ninguém mais deve entrar neste jardim. São especiais um para com o outro. A fidelidade é algo que o casal deve sempre ter. Outro assunto importante, é que a relação sexual do casal é particular e nunca deve ser comentado ou compartilhado com ninguém, isto é jardim fechado, o que fazem ou deixam de fazer é particular e deve ser mantido em segredo.

13. Os teus renovos são um pomar de romãs, com frutos excelentes; a hena juntamente com nardo,
14. O nardo, e o açafrão, o cálamo, e o cinamomo, com toda sorte de árvores de incenso; a mirra e o aloés, com todas as principais especiarias.

Após a relação sexual, quando os dois atingem ao orgasmo conseguem aproveitar tudo o que esta relação proporcionou. Os dois podem se acariciar, utilizando a hena e o nardo, ou seja, o sêmen e a lubrificação vaginal, que acaba sendo um perfume natural dos corpos.

15. És fonte de jardim, poço de águas vivas, correntes que manam do Líbano!
16. Levanta-te, vento norte, e vem tu, vento sul; assopra no meu jardim, espalha os seus aromas. Entre o meu amado no seu jardim, e coma os seus frutos excelentes!

Essa fonte é o órgão sexual masculino, ejaculando o esperma. Ela, recebendo sobre o seu corpo, ainda aguarda que ele entre em seu jardim, para aproveitar o que ela ainda tem para proporcionar, por isso, o sexo precisa de tempo para se conseguir todo o prazer e o esperma sobre a pele faz muito bem. Olha o que diz a revista Hagah:

Existem vários produtos para hidratar, rejuvenescer e deixar a pele cada vez mais bonita. Mas o que você acharia de usar esperma para hidratá-la? Isso mesmo!

Será que o esperma faz bem para a pele?

Alguns estudos mostram que o esperma é benéfico para o organismo, principalmente para hidratar a pele, devido à gordura que possui. O esperma é composto por espermatozóides, proteínas, frutose, vitaminas, sais minerais, entre outras substâncias, e tem um sabor levemente salgado. Bebidas alcoólicas, alho, gorduras saturadas (como a da carne vermelha), molho de soja e comidas quentes darão às secreções um sabor amargo, enquanto os pratos menos temperados vão produzir um sabor mais neutro.

O esperma varia a textura e o volume, dependendo da frequência da relação sexual - se um homem ejacula a cada 15 dias, seu esperma contém um volume maior de espermatozóides e concentra mais proteínas, por exemplo.

Estudos recentes também indicam que o esperma possui efeitos antidepressivos. O sêmen contém hormônios responsáveis por alterar o humor.

Mas vale lembrar que tudo isso só é válido se a saúde também estiver em dia. Se o homem estiver doente, seu esperma funciona como transmissor de microorganismos. Então, consulte seu médico, cuide de sua saúde e garanta um melhor desempenho sexual!

Cânticos 05:
Distanciamento e Ajuda

1. Venho ao meu jardim, minha irmã, noiva minha, para colher a minha mirra com o meu bálsamo, para comer o meu favo com o meu mel, e beber o meu vinho com o meu leite. Comei, amigos, bebei abundantemente, ó amados.

Salomão está dizendo que aproveita o máximo que o sexo pode lhe proporcionar e convida a todos os casados que também façam o mesmo, aproveitando cada delícia do sexo, abundantemente.

2. Eu dormia, mas o meu coração velava. Eis a voz do meu amado! Está batendo: Abre-me, minha irmã, amada minha, pomba minha, minha imaculada; porque a minha cabeça está cheia de orvalho, os meus cabelos das gotas da noite.

3. Já despi a minha túnica; como a tornarei a vestir? já lavei os meus pés; como os tornarei a sujar?

4. O meu amado meteu a sua mão pela fresta da porta, e o meu coração estremeceu por amor dele.

5. Eu me levantei para abrir ao meu amado; e as minhas mãos destilavam mirra, e os meus dedos gotejavam mirra sobre as aldravas da fechadura.

6. Eu abri ao meu amado, mas ele já se tinha retirado e ido embora. A minha alma tinha desfalecido quando ele falara. Busquei-o, mas não o pude encontrar; chamei-o, porém ele não me respondeu.

Estes versículos acima mostram que a esposa finge certa indiferença com o esposo e ele se sentindo humilhado, acaba se retirando e partindo. Isto acontece, quando uma das partes tenta demonstrar nenhum interesse no sexo, apenas para castigar, ou mostrar que está com raiva. Mesmo sentindo desejo de ter a pessoa amada, acaba havendo um afastamento entre os dois, fazendo com que busquem prazer através da masturbação, e acaba sendo um passo para a traição.

7. Encontraram-me os guardas que rondavam pela cidade; espancaram-me, feriram-me; tiraram-me o manto os guardas dos muros.

Aqui, nada mais é que a própria masturbação, ou seja, sem o esposo busca um prazer que só ele pode lhe proporcionar. Ela demonstra o que sente após o prazer sexual que conseguiu sozinha, se sente triste, arrependida e ferida no coração. É um fato lamentável quando pessoas casadas se masturbam sozinhas, acaba sendo uma arma na mão do inimigo, para destruir os casamentos. Outros buscam em sites pornográficos, e em redes sociais, outras pessoas para conseguir este prazer. É um momento delicado e necessita haver perdão e conserto. Se acaso você esteja passando por esta situação, corra se reconciliar perdoar ou pedir perdão ao seu cônjuge, pois todos somos falhos, o que não podemos é desistir daquilo que Deus nos deu. Veja a ilustração abaixo:

Num dia de verão, estava na praia, observando duas crianças brincando na areia. Elas trabalhavam muito, construindo um castelo de areia, com torres, passarelas e passagens internas.

Quando estavam quase acabando, veio uma onda e destruiu tudo, reduzindo o castelo a um monte de areia e espuma.

Achei que as crianças cairiam no choro, depois de tanto esforço e cuidado, mas tive uma surpresa.

Em vez de chorar, correram para a praia, fugindo da água, Sorrindo, de mãos dadas e começaram a construir outro castelo...

Compreendi que havia recebido uma importante lição:

Gastamos muito tempo de nossas vidas construindo alguma coisa e mais cedo ou mais tarde, uma onda poderá vir e destruir o que levamos tanto tempo para construir.

Mas quando isso acontecer, somente aquele que tem as mãos de alguém para segurar, será capaz de sorrir!

Tudo é feito de areia; só o que permanece é o nosso relacionamento com as outras pessoas.

Portanto Sorria, e perceba ao seu redor quem realmente se importa com você e jamais se esqueça da criança que ao invés de chorar e desistir apenas reiniciou sua caminhada.

8. Conjuro-vos, ó filhas de Jerusalém, se encontrardes o meu amado, que lhe digais que estou enferma de amor.

9. Que é o teu amado mais do que outro amado, ó tu, a mais formosa entre as mulheres? Que é o teu amado mais do que outro amado, para que assim nos conjures?

10. O meu amado é cândido e rubicundo, o primeiro

entre dez mil.
11. A sua cabeça é como o ouro mais refinado, os seus cabelos são crespos, pretos como o corvo.
12. Os seus olhos são como pombas junto às correntes das águas, lavados em leite, postos em engaste.
13. As suas faces são como um canteiro de bálsamo, os montões de ervas aromáticas; e os seus lábios são como lírios que gotejam mirra.
14. Os seus braços são como cilindros de ouro, guarnecidos de crisólitas; e o seu corpo é como obra de marfim, coberta de safiras.
15. As suas pernas como colunas de mármore, colocadas sobre bases de ouro refinado; o seu semblante como o Líbano, excelente como os cedros.
16. O seu falar é muitíssimo suave; sim, ele é totalmente desejável. Tal é o meu amado, e tal o meu amigo, ó filhas de Jerusalém.

A Sulamita, no momento de desespero, pede ajuda às suas amigas. Uma lição importante é saber buscar ajuda no relacionamento quando está em dificuldades. Sempre procurar as pessoas certas, ou seja, um psicólogo, pastor ou mesmo participar de encontros de casais. Em alguns encontros de casais que fazemos, já tive o privilégio de ver casais se reconciliando, se perdoando e voltando a ter uma vida conjugal. O mais importante, que você pode notar no texto, é que ela não critica, ou fala mal do seu esposo, ela começa enxergar os pontos positivos dele e do seu relacionamento.

Cânticos 06:
Tratando como Rei ou Rainha

1. Para onde foi o teu amado, ó tu, a mais formosa entre as mulheres? para onde se retirou o teu amado, a fim de que o busquemos juntamente contigo?
2. O meu amado desceu ao seu jardim, aos canteiros de bálsamo, para apascentar o rebanho nos jardins e para colher os lírios.
3. Eu sou do meu amado, e o meu amado é meu; ele apascenta o rebanho entre os lírios.

Houve aqui a reconciliação, pois segundo a Sulamita ele já entrou no seu jardim, mas ainda não está em perfeita ordem. Uma realidade entre casais que brigam, ou mesmo quando há uma traição, o perdão pode ocorrer, mas infelizmente não vai voltar a ser o que era. Podem até conseguir, se realmente houver esquecimento do erro. Somente Deus pode ajudar a vencer uma situação como esta. Leia abaixo o que dizem alguns terapeutas de casais:

Traição e perdão parecem duas palavras impossíveis de conciliar. "Descobrir que há uma terceira pessoa a bordo é uma dor terrível, atinge você no íntimo", diz a terapeuta Regina Vaz, autora do livro VAMOS DISCUTIR A RELAÇÃO? (ED. PLANETA). No primeiro momento, parece inadmissível perdoar. Mas muitas mulheres descobrem que, depois da tempestade, é possível continuar navegando juntos – sem a passageira indesejável, claro. É verdade que tudo depende das circunstâncias, explica a terapeuta de casais Marian Helena Matarazzo, autora do livro ENCONTROS, DESENCONTROS & REENCONTROS (ED. GENTE). "Casos passageiros causam menos estragos e são mais fáceis de perdoar do que aqueles mais longos, que pressupõem envolvimento emocional", diz. Segundo ela, o impacto de perceber que o parceiro se apaixonou por outra é tão profundo porque não temos a mesma capacidade que o homem de compartimentar as coisas. Ele coloca o trabalho numa caixinha, a família em outra, a amante numa terceira. Já para a mulher, um envolvimento emocional exclui o outro: se ele se apaixonou pela amante é porque o amor pela esposa acabou. "As reações a uma traição também são influenciadas por outros fatores, como a idade, a maturidade emocional, a fase em que está a relação e até os interesses materiais em jogo", completa a terapeuta.

Para a psicóloga Maura de Albanese, diretora do Instituto de Psicologia Avançada, em São Paulo, não se pode jogar a razão para escanteio. "Só perdoamos quando compreendemos a situação. É um processo intelectual, não tem nada de emocional. A mulher que perdoa entende o que o marido fez e onde ela também errou", diz Maura. Sem isso, não há perdão verdadeiro, cria-se apenas uma situação de barganha. "Ela perdoa da boca para fora, mas na primeira oportunidade tira proveito da situação, faz exigências, porque agora ela tem um trunfo na mão."

Quando existe um desejo sincero – da mulher e do homem – de preservar a relação, a infidelidade acaba abrindo portas para o diálogo e para um novo pacto, para o recasamento. Às vezes, é necessário recorrer à ajuda de uma terapia de casal. Para Maria Helena, no início do tratamento os dois precisam colocar para fora tudo o que está estragado, os sapos engolidos. Só depois dessa faxina emocional dá para pensar na reconstrução.

4. Formosa és, amada minha, como Tirza, aprazível como Jerusalém, imponente como um exército com bandeiras.
5. Desvia de mim os teus olhos, porque eles me perturbam. O teu cabelo é como o rebanho de cabras que descem pelas colinas de Gileade.

O esposo tenta, novamente, elogiar a esposa, mas ele ainda sente certo remorso pelo erro cometido, pois ele pede que ela desvie os seus olhos, ou seja, ele não consegue encará-la face a face. Uma grande dificuldade para o esposo é entender que a esposa o perdoou. Às vezes, isto acontece quando existe, ainda, algo oculto que não foi revelado. Num casamento, sempre tem que se lidar com a verdade, por mais difícil que seja a verdade, vindo diretamente da pessoa, é melhor que ouvir dos outros.

6. Os teus dentes são como o rebanho de ovelhas que sobem do lavadouro, e das quais cada uma tem gêmeos, e nenhuma delas é desfilhada.
7. As tuas faces são como as metades de uma romã, por detrás do teu véu.

8. Há sessenta rainhas, oitenta concubinas, e virgens sem número.
9. Mas uma só é a minha pomba, a minha imaculada; ela e a única de sua mãe, a escolhida da que a deu à luz. As filhas viram-na e lhe chamaram bem-aventurada; viram-na as rainhas e as concubinas, e louvaram-na.

Agora, neste ponto, o esposo Salomão a elogia e mostra, no verso nove, que ela é a escolhida dele, pois nesta época ele tinha sessenta rainhas, oitenta concubinas, fora as virgens que estavam a sua disposição. Mas ele mostra à Sulamita que ela é o seu verdadeiro amor, aquela que ele chama de pomba, por ser pura e simples de coração e que todas as outras mulheres a louvam por ter conseguido o que elas não conseguiram que foi o seu amor. Agora é um belo momento para que você demonstre o seu amor, faça algo inusitado, que seu cônjuge nunca esperou e você verá o que acontece.

10. Quem é esta que aparece como a alva do dia, formosa como a lua, brilhante como o sol, imponente como um exército com bandeiras?
11. Desci ao jardim das nogueiras, para ver os renovos do vale, para ver se floresciam as vides e se as romanzeiras estavam em flor.
12. Antes de eu o sentir, pôs-me a minha alma nos carros do meu nobre povo.
13. Volta, volta, ó Sulamita; volta, volta, para que nós te vejamos. Por que quereis olhar para a Sulamita como para

a dança de Maanaim?

Após a reconciliação e volta ao amor, Deus concede aos dois algo sublime que um relacionamento sadio pode ter: a concepção de um filho, ou seja, ela está grávida. Salomão passa a dar mais atenção, ocasionando certo constrangimento ao reino, já que ela não era da realeza, mas ele quer dar a ela toda a pompa de uma rainha. Trate seu cônjuge como rainha ou rei, segue abaixo uma pequena ilustração:

Uma mulher que se sentia muito infeliz no seu relacionamento conjugal visitou o seu advogado para pedir conselhos. "Estou muito magoada" ela disse, não aguento mais essa situação. Quero me separar. Mas quero fazê-lo de um modo que ele sofra muito, para me vingar de tudo o que passei.

O sábio advogado, depois de pensar um pouco respondeu: "Eu tenho uma ideia infalível. Durante três meses você vai fingir ser a melhor esposa do mundo. Sendo atenciosa, carinhosa, não reclamando de nada, elogiando sempre e fazendo tudo para agradá-lo. Quando ele estiver feliz pensando que os problemas acabaram, você pede o divórcio. Será um golpe mortal".

A mulher saiu do escritório vibrando, pois finalmente encontrará uma maneira de devolver todo o mal que o marido lhe fizera.

Após cinco meses de visita dessa senhora o advogado telefonou para ela e disse: "Já passaram dois meses do prazo combinado. Venha para preparar os papéis do divórcio".

Ela respondeu sorrindo: "Doutor, descobri nesses cinco meses

um homem maravilhoso, por quem estou apaixonada e com quem quero viver o resto dos meus dias".
Há um ditado que diz: trate seu cônjuge como um rei ou uma rainha e ele agirá como tal.

Cânticos 07:
Sexo na Gravidez

1. Quão formosos são os teus pés nas sandálias, ó filha de príncipe! Os contornos das tuas coxas são como jóias, obra das mãos de artista.
2. O teu umbigo como uma taça redonda, a que não falta bebida; o teu ventre como montão de trigo, cercado de lírios.
3. Os teus seios são como dois filhos gêmeos da gazela.
4. O teu pescoço como a torre de marfim; os teus olhos como as piscinas de Hesbom, junto à porta de Bate-Rabim; o teu nariz é como torre do Líbano, que olha para Damasco.
5. A tua cabeça sobre ti é como o monte Carmelo, e os cabelos da tua cabeça como a púrpura; o rei está preso pelas tuas tranças.

Esta é uma das partes mais lindas, ele dá detalhes de sua esposa grávida, como ainda continua linda, nos dá detalhe até de seus olhos, que eram azuis. É algo interessante, quando a mulher está grávida, ela realmente se torna mais bonita, devido à quantidade de hormônios lançado no sangue. Ela se torna mais sensível e amorosa, assim o esposo se torna mais apegado a ela. Se você ainda não tem filhos, procure tê-los, pois são bênção do Senhor, Já diz o Salmo 127.3-5:

Eis que os filhos são herança do Senhor, e o fruto do ventre o

seu galardão.
Como flechas na mão de um homem poderoso, assim são os
filhos da mocidade.
Bem-aventurado o homem que enche deles a sua aljava; não
serão confundidos, mas falarão com os seus inimigos à porta.

6. Quão formosa, e quão aprazível és, ó amor em
delícias!
7. Essa tua estatura é semelhante à palmeira, e os teus
seios aos cachos de uvas.
8. Disse eu: Subirei à palmeira, pegarei em seus ramos;
então sejam os teus seios como os cachos da vide, e o cheiro do
teu fôlego como o das maçãs,
9. E os teus beijos como o bom vinho para o meu
amado, que se bebe suavemente, e se escoa pelos lábios e
dentes.

Aqui, o casal continua tendo relações sexuais mesmo na
gravidez. Alguns me perguntam se há riscos, nestes casos. Veja
abaixo o esclarecimento feito pela obstetra Tânia Giarolla:

O sexo durante a gravidez é tratado por muitos casais como tabu
ou assunto proibido. Entretanto, especialistas afirmam que é
benéfico manter relações sexuais durante o período gestacional.

"As relações com o parceiro melhoram a autoestima da gestante,
já que ela se sente mais valorizada e desejada nesse período de
mudança corporal. As contrações do orgasmo também ajudam a

deixar a mulher mais tranquila e relaxada".

Penetração vaginal pode provocar aborto ou machucar o feto?

Complexo e delicado de ser tratado por muitos casais devido ao constrangimento, a sexualidade durante a gravidez ainda gera muitas dúvidas. Centenas de casais ainda temem que a penetração vaginal possa provocar aborto, ou o pênis atingir o bebê a ponto de machucá-lo, dependendo do período da gestação. Giarolla explica que as relações sexuais liberadas pelo obstetra não têm risco, uma vez que o feto fica protegido pela bolsa d'água e pelo próprio colo do útero fechado até o nascimento.

Sexo na gravidez expõe mãe ou feto a algum risco?

Os riscos para o feto ou a mãe durante as atividades sexuais existem somente em situações específicos como casos em que se registra sinais de sangramento vaginal, dor ou perda de fluido amniótico, entre outros fatores que devem ser avaliados pelo médico. Fora dessas situações de risco, o contato físico e o afeto transmitido na relação sexual são muito importantes para os casais.

Segundo a médica, o momento pode ser propício para aproximação do casal, para expressar preferências ou descobrir novas formas de prazer. "Quem decide se deve ou não ter relação sexual durante a gravidez é o próprio casal. A sexualidade vai muito além do sexo por envolver sentimento, companheirismo e respeito. As trocas podem ser de várias maneiras, desde beijos até dormir de conchinha", observa.

> *10. Eu sou do meu amado, e o seu amor é por mim.*
> *11. Vem, ó amado meu, saiamos ao campo, passemos as noites nas aldeias.*
> *12. Levantemo-nos de manhã para ir às vinhas, vejamos se florescem as vides, se estão abertas as suas flores, e se as romanzeiras já estão em flor; ali te darei o meu amor.*
> *13. As mandrágoras exalam perfume, e às nossas portas há toda sorte de excelentes frutos, novos e velhos; eu os guardei para ti, ó meu amado.*

Estes versículos já demonstram que o casal está feliz em ter uma família completa, com filhos. Ela convida o esposo para sair ao campo ou à aldeia, deixando os filhos com alguém, para que os dois possam ter um momento especial, com bastante tempo e tranquilidade. Vão passar a noite fora, se deliciando nos prazeres da relação sexual, sem se preocupar se os filhos vão acordar ou irão vê-los. Isto é muito importante para casais que já possuem filhos. De vez em quando, se faz necessário que o casal procure um lugar para passar um tempo sozinho, se amando. Segundo a Sulamita, logo pela manhã, já quer rever os filhos novamente e assume um compromisso ao seu esposo de guardar os frutos, ou seja, os seus filhos. Hoje, infelizmente, estamos passando por tempos difíceis e o casal tem de deixar a criação dos filhos aos cuidados de outros, ou creches. Acabam estas crianças não sendo educadas corretamente, perdendo o princípio dos valores morais e sociais, se tornando crianças e adolescentes problemáticos. É necessário que o casal pense bem antes de ter um filho, pois o início da educação tem de ser feita pela mãe e pelo pai, depois, quando já estiver preparado, ir para uma escola e não creche.

Cânticos 08:
O Selo da Renovação de Votos

1. Ah! Quem me dera que foras como meu irmão, que mamou os seios de minha mãe! Quando eu te encontrasse lá fora, eu te beijaria; e não me desprezariam!

A Sulamita foi uma esposa dedicada ao rei, mas por não ser da realeza, era desprezada e muitos a ignoravam no palácio. Até seus filhos eram tratados com indiferença, uma situação complicada para ela. O seu desejo era que se fosse irmã do rei, pois não seria tão desprezada. A mulher é muito frágil a Bíblia diz em 1 Pedro 3.7a:

Igualmente vós, maridos, coabitai com elas com entendimento, dando honra à mulher, como vaso mais fraco;

Ela é sensível e, muitas vezes, por palavras ou ações, acabam se magoando e criando um obstáculo na relação com o marido, tanto na parte afetiva, como sexual. Isto é terrível, por isso, compete ao esposo estar atento a estas situações e ajudá-la a vencer.

2. Eu te levaria e te introduziria na casa de minha mãe, e tu me instruirias; eu te daria a beber vinho aromático, o mosto das minhas romãs.
3. A sua mão esquerda estaria debaixo da minha

cabeça, e a sua direita me abraçaria.
4. Conjuro-vos, ó filhas de Jerusalém, que não acordeis
nem desperteis o amor, até que ele o queira.

Podemos notar que o desejo dela é ter o marido novamente, independente da situação que estão enfrentando. O casamento é o desdobramento de duas pessoas em que cada um pensa de um jeito, cada um vem de uma cultura diferente e, na hora que estão juntos, têm que fazer dar certo. Aqui, novamente alerto, use o diálogo que é a melhor ferramenta do casamento, por isto, pare alguns instantes e se dedique a conversar com seu cônjuge, você estará ganhando uma grande batalha, pois assim, os dois conseguem se entender, descobrindo os anseios de cada um, o que gosta, o que não suporta e etc...

5. Quem é esta que sobe do deserto, e vem encostada ao
seu amado? Debaixo da macieira te despertei; ali esteve tua
mãe com dores; ali esteve com dores aquela que te deu à luz.

Aqui, Salomão leva a Sulamita, provavelmente no local onde se encontraram pela primeira vez, onde antes era uma camponesa, agora volta como rainha. O interessante que é no mesmo lugar onde sua mãe havia dado a luz. Você já voltou com o seu cônjuge ao local onde se encontraram pela primeira vez? Lembrar como se olharam, como se conheceram, como foi o primeiro momento juntos? Eis aí um bom motivo para preparar um dia especial para os dois. Agende, marque esta data e volte a lembrar destes momentos felizes.

6. Põe-me como selo sobre o teu coração, como selo sobre o teu braço; porque o amor é forte como a morte; o ciúme é cruel como o Seol; a sua chama é chama de fogo, verdadeira labareda do Senhor.
7. As muitas águas não podem apagar o amor, nem os rios afogá-lo. Se alguém oferecesse todos os bens de sua casa pelo amor, seria de todo desprezado.

Neste momento, Salomão e Sulamita fazem a renovação de votos, eles demonstram que o que vai marcá-los para sempre é o amor. Quem sabe, ele lhe deu um colar com este símbolo, para estar sobre o seu coração, e ele ganhou uma pulseira, demonstrando que lutaria em todo tempo por este amor, imagine que momento lindo não foi este. Eu imagino assim: Um pôr do sol, deixando as nuvens avermelhadas, os dois debaixo da macieira, falando frases de amor e votos de compromisso, de fidelidade. A troca de presentes e por último um grande beijo selando este amor.

No verso sete, ele coloca bem claro que nada vai destruir este amor, ou apagá-lo, não trocará por nada neste mundo. Você já pensou nisto? Uma renovação de votos? Só vocês dois, fazendo promessas e trocando os símbolos deste amor, que podem ser alianças, anéis ou mesmo pulseiras e colares? Prepare o orçamento e invista neste relacionamento. Não importa a idade o que importa é o amor. Leia o texto abaixo retirado do site do hospital Albert Einstein que fala um pouco do sexo na terceira idade:

Quem disse que o sexo perde o seu encanto na terceira idade?

Na terceira idade, a prática sexual tem lá suas diferenças, mas continua fazendo bem, oferecendo prazer e sensação de bem-estar. Cerca de 50% das pessoas acima de 60 anos – casadas ou que têm parceiros sexuais - relatam a prática de sexo a cada 15 dias mais ou menos.
Com ou sem remédio, relação com afeto faz bem para a saúde e traz bem-estar.

"Além do sexo como o conhecemos, uma carícia, um toque ou uma troca de intimidades, muitas vezes, é sensual e tem o mesmo grau de prazer na terceira idade que o sexo tradicional tem para o jovem", explica o geriatra do Einstein, Dr. Fabio Nasri.

"As pessoas se esquecem de que os mais velhos continuam tendo desejos, projeções, fantasias e afeto, que muitos jovens, inclusive, estão perdendo", diz.

Uma nova revolução

O surgimento do famoso medicamento azul para disfunção erétil, em 1998, provocou uma nova revolução sexual - essa repleta de possibilidades para os integrantes da terceira idade.

O medicamento pegou muitos casais de surpresa. Vários deles não praticavam o sexo há um bom tempo. Com a novidade, os homens sentiram-se dispostos a procurar por suas mulheres novamente, que nem sempre estavam preparadas para recomeçar uma vida sexual ativa.

Como se sabe, as mulheres tendem a cuidar mais da saúde do que os homens porque visitam seus médicos regularmente. Depois deste medicamento, o sexo tornou-se novamente um assunto em pauta no consultório.

Para aquelas interessadas em recomeçar uma vida sexual com seus parceiros, a questão da lubrificação vaginal é a dúvida mais comum. E não há complicações: hormônios locais, aplicados em forma de cremes diretamente na vagina, possibilitam um retorno normal à prática sexual.

Com o passar dos anos, um pesadelo que aterroriza alguns jovens vai deixando de ser um bicho de sete cabeças. Com a idade, os homens passam a demorar mais para ejacular e, por isso, a ejaculação precoce deixa de ser um problema. Dificuldades e contraindicações

Não há contraindicações para o sexo na terceira idade, apenas restrições temporárias como, por exemplo, para quem acabou de passar por uma cirurgia – as mesmas indicadas para qualquer idade.

Algumas dificuldades de um corpo mais maduro, porém, podem impedir ou atrapalhar a prática. Para as mulheres, dores reumáticas e incontinência urinária são as principais. No segundo caso, aplicação de hormônio local pode conter o problema.

No caso dos homens, hipertensão e complicações com a próstata são as principais chatices.

Cerca de 50% dos que passaram dos 60 anos no Brasil são hipertensos; e os remédios para pressão tendem a diminuir a potência sexual. A boa notícia é que já existem medicamentos com menos efeitos colaterais desse tipo.

Pacientes com câncer de próstata que tiveram a produção de testosterona bloqueada podem ter dificuldade de ereção, assim como os que fizeram cirurgia para a retirada do órgão. Atualmente, porém, existem técnicas de extração da próstata que conseguem preservar, em alguns casos, os nervos responsáveis pela ereção.

Para pacientes com doenças coronárias ou problemas pulmonares, a indicação é que conversem com seus médicos e que realizem exames para avaliar a sua capacidade física. "No caso do coração, por exemplo, um teste ergométrico nos dá uma ideia de como o órgão se comportaria na hora do sexo", explica o médico.

Alerta

Os medicamentos para disfunção erétil são contraindicados para pacientes com doenças das coronárias ou que tomam medicamentos vasodilatadores, já que eles mesmos são deste tipo, o que pode levar o paciente a sofrer uma vasodilatação excessiva.

Frequência e orgasmo

"É natural que, nessa faixa etária, a frequência sexual seja menor. Mas devemos considerar que a noção de sexo para eles é mais ampla. Muitos se satisfazem com as carícias. Nessa fase existe uma desobrigação do orgasmo e, com menos expectativas, muitas vezes a relação fica mais prazerosa", afirma o geriatra.

Fertilidade na terceira idade

Diferente da menopausa – fenômeno que encerra os ciclos menstruais e ovulatórios de uma única vez – a andropausa (que acontece nos homens) acontece gradativamente com o passar dos anos.

Por isso, enquanto o homem produzir espermatozoides ele pode engravidar uma mulher. A diferença é que a produção será cada vez menor e o caminho até o óvulo ficará mais difícil. Por esta razão, muitos casais de homens mais velhos com mulheres mais jovens procuram inseminação artificial quando optam por ter um bebê.

Consenso é fundamental

Com a menopausa, a queda na libido da mulher é natural e elas começam a procurar menos por seus parceiros. Para elas, será cada vez mais importante sentirem a presença do homem, sua proximidade e suas carícias. "Nessa fase, especialmente se o homem toma algum medicamento para disfunção erétil ou continua sexualmente ativo, conversar e entrar em consenso é fundamental para não haver atrito entre os dois", recomenda o Dr. Fábio Nasri.

Ainda sem perspectiva de um medicamento para as mulheres, a utilização de testosterona no combate à perda de massa muscular e óssea tem se mostrado positiva para elas. O tratamento acaba ajudando no aumento da libido.

Felicidade na terceira idade

Considerando a história do ser humano, a terceira idade é praticamente uma novidade. A expectativa de vida no Brasil em 1900, por exemplo, era de 33 anos. Hoje, é de 75. "Envelhecer é novo e muitos idosos ainda têm dificuldade de lidar com as perdas que vieram com o fim da chamada segunda idade, como a capacidade e a frequência sexual, a perda de amigos, de trabalho e até financeira", avalia o Dr. Nasri.

"Aqueles que entenderem o seu envelhecimento e entrarem em consenso com as suas novas características, terão menos dificuldade em lidar com a sua terceira idade. Já aqueles que não aceitarem, tentarão ter atitudes de jovens por acreditar que estarão envelhecendo menos. Mas envelhecer é natural e quanto mais cedo nos prepararmos, melhor será a nossa aceitação", conclui o médico.

8. Temos uma irmã pequena, que ainda não tem seios; que faremos por nossa irmã, no dia em que ela for pedida em casamento?
9. Se ela for um muro, edificaremos sobre ela uma torrezinha de prata; e, se ela for uma porta, cercá-la-emos com tábuas de cedro.

Pode ser que a Sulamita tivesse uma irmã menor, ou mesmo uma filha, na qual os dois decidem criá-la com todo o cuidado devido, mantendo-a pura até o dia em que ela também se apaixonaria por alguém e tivesse o mesmo amor que os dois. Que lindo servir de exemplo para outros quando existe realmente o verdadeiro amor.

10. Eu era um muro, e os meus seios eram como as suas torres; então eu era aos seus olhos como aquela que acha paz.

A Sulamita lembra-se de como também era ainda pura, antes de conhecer seu esposo e teve a felicidade de se casar com alguém que a fez feliz. Assim seja, que todos os jovens possam se manter puros até o casamento, onde terão descobertas incríveis.

Hebreus 13:4:

Venerado seja entre todos o matrimônio e o leito sem mácula; porém, aos que se dão à prostituição, e aos adúlteros, Deus os julgará.

11. Teve Salomão uma vinha em Baal-Hamom; arrendou essa vinha a uns guardas; e cada um lhe devia trazer pelo seu fruto mil peças de prata.
12. A minha vinha que me pertence está diante de mim; tu, ó Salomão, terás as mil peças de prata, e os que guardam o fruto terão duzentas.

Olha que independência financeira tinha a Sulamita. Salomão tinha uma vinha, na qual ele alugou para alguns guardas e deviam lhe pagar mil peças de prata pelo lucro, mas o da Sulamita rendia mil e duzentas, ela entregava ao esposo, pois sabia que ele era um ótimo administrador e ainda pagava pelos guardas. Como diz a Palavra em Provérbio 14.1:

Toda mulher sábia edifica a sua casa; mas a tola a derruba com as próprias mãos.

Assim deve o casal cuidar bem das finanças, nunca gastar além do que ganha, evitar as dívidas. Muitos casais se destruíram por estas coisas, por isto, é importante os dois serem bons administradores.

13. Ó tu, que habitas nos jardins, os companheiros estão atentos para ouvir a tua voz; faze-me, pois, também ouvi-la:
14. Vem depressa, amado meu, e faze-te semelhante ao gamo ou ao filho da gazela sobre os montes dos aromas.

Aqui, como não podia deixar de terminar, um belo convite da esposa, para que os dois possam se deliciar com os prazeres sexuais. Por isto, aproveite bem o tempo e tenha uma relação saudável com seu cônjuge. Não se deixe intimidar por tabus, criados por pessoas ignorantes. O sexo é um dom divino ao ser humano e dentro de quatro paredes, a decisão é de vocês dois. Não sejam influenciados por outros ou por fanatismo religioso.)

Deixo aqui a bênção de Deus a vocês, que a partir de hoje irão lutar pelo casamento e procurar satisfazer um ao outro.

Todo livro tem um fim, mas aqui, tem agora um início que vai começar na sua cama. Bom sexo!

BIBLIOGRAFIA:

ABÍBLIA SOFTWARE. VASQUEZ, Luis César C. Tradução João Ferreira de Almeida. Revisada. 1967.

BÍBLIA SAGRADA. Tradução João Ferreira de Almeida. Revista e Corrigida. 1995.

BÍBLIA DE ESTUDO DAKE. Versão Almeida e Corrigida. Comentários Finis Jennings Dake. 1995.

BÍBLIA SAGRADA. Tradução Monges Beneditinos de Maredsous. 1960.

PEQUENA ENCICLOPÉDIA BÍBLICA. BOYER, Orland Spencer. 1978.

INTIMIDADE NO CASAMENTO. Penner, Clifford e Joyce. 2002.

COMPOSIÇÃO DO SÊMEN. Mandal, Dr. Ananya, DM <http://www.news-medical.net/health/Swallowing-Semen-%28Portuguese%29.aspx>

MACIEIRA. Enciclopédia Livre. Wikipedia. <http://pt.wikipedia.org/wiki/Macieira>

COMPROMISSO. SANTOS, pr. Fábio dos . <http://www.nistocremos.net/2012/02/programa-e-sermao-de-casamento.html>

MAPA DO PRAZER. DaquiDali.
<http://daquidali.com.br/amor-e-sexo/conheca-as-areas-mais-sensiveis-do-corpo-masculino-e-veja-como-explora-las/>

SEXO NA GRAVIDEZ. Vya Estelar.
<http://www2.uol.com.br/vyaestelar/sexo_gravidez01.htm>

GUIA DO PRAZER FEMININO. Guia de bolso da Mulher.
<http://www.guiadebolsodamulher.com/2011/>

A FISIOLOGIA DE UM BEIJO – Belo, Pedro
<http://saude.abril.com.br/edicoes/0338/bem_estar/fisiologia-beijo-631068.shtml>

FEROMÔNIOS - <http://www.meuguiasexual.com/>

BÍBLIA ON LINE - <http://www.bibliaonline.com.br>

VILA MULHER - Passos, Sabrina.
<http://vilamulher.terra.com.br/orgasmo-chegar-la-juntos>

REVISTA HAGAH -
<http://www.hagah.com.br/especial/pr/qualidade-de-vida-pr/>

REVISTA CLAUDIA - <http://claudia.abril.com.br>

HOSPITAL ALBERT EINSTEIN -
<http://www.einstein.br/einstein-saude/bem-estar-e-qualidade-
de-vida/Paginas/quem-disse-que-o-sexo-perde-o-seu-encanto-
na-terceira-idade.aspx>